幻の白鳥

小笠原茂介

思潮社

幻の白鳥

小笠原茂介

思潮社

幻の白鳥　目次

カバー写真＝著者
装幀＝思潮社装幀室

幻の白鳥

幻の白鳥

――消え去った幻の乙女・遺された肖像画

霧を超えて聳え
霧とともに流離《さすら》う塔
ノイシュヴァーンシュタイン　新白鳥城

峻険の崖に懸かる
闇のなかの仄白い休らぎ　マリア橋――

麓にひっそり立つ　かつての狂王の生い立ちの館
旧白鳥城　ホーエンシュヴァーンガウ
丘も城も　もう黄昏の光に沈み

振りかえる新白鳥城は　遙か深い霧のなか
その在処《ありか》も定かでない…

城の側門はまだ開いていた
けれどあの　昔の銀幕の少年たちは　もういない…
（時刻《とき》は　もう過ぎていた——）

迎えたのは　壁面から躍り出た中世叙事詩の女
顔いっぱいに　溢れる笑み——
ランプを掲げ　タンバリンを打ち鳴らし
歌い　踊る
頭から腰に　薄黄の布が流れ…
ランプの光は揺れ　幽《かそ》けく
うつつと夢が見わけがたい

＊

《わが青春のマリアンヌ》　一九五六年公開のフランス映画
梅雨時《つゆどき》の俄雨に飛びこんだ新宿名画座
痩せた肩　ほっそりの腕をぼくに預け
朝子はまもなく　やすらかな寝息を立てていた

ぼくが大学院に入り上京してすぐ翌月の
指輪もない　二人だけの自称婚約
そして一二月には渋谷の場末で　五百円会費の「学生」結婚式
その仮初めの婚約の頃――

ホーエンシュヴァーンガウ城を舞台にした寄宿学校に
遠い遙かな異郷アルゼンチンからやってきた

一人だけ年嵩《としかさ》の少年ヴァンサン
母の運転する車から　まるで捨てられるように降り立った
ある日　少年たちの冒険に加わり　湖の対岸の廃城に乗りこみ
偶然にも囚われの　憂いに沈む乙女マリアンヌをみて
瞬時に恋に落ちる…

——来る日も来る日も　こっそり窓を開け
木の葉隠れに　湖をみていたわ
いつか白い帆を掲げた船が　迎えにくると…
朝夕に湖を渡る太陽
でも　とうとう救いの船は来なかった…

ふたりを包む神秘の霧は
やがて幼い少年たちをも包みこむ
かのルートヴィヒ二世王をも狂わせた　あの望みない愛の渇望が

熱病のように
無垢な少年たちをも冒《おか》していった
ヴァンサンの奏でるギターと歌に
幼い魂たちは　足　踏み鳴らし
藻のように揺れる
狂熱の霧が
城の奥底までを満たしていた…

助けを乞う乙女の手紙に　嵐の夜
ヴァンサンはひとり湖を対岸へと泳ぎだす
溺れ　意識を失い　芦繁る岸辺に打ち上げられ
幾刻か…　目覚めてまた歩き出す…

時刻《とき》はもう過ぎていた——
無人の館に　囚われの乙女はもういない

永遠にヴァンサンのまえから消えた…
残されたのはただ　その薄衣《うすぎぬ》のさざめきと
鏡のよう
彼を凝視《みつ》め返す肖像画——

廃墟のなかで　ただひとつ
それだけが生きているよう
張りつめた眼　わななく唇　溶け流れる髪——
(肩まで流れる金髪も　煙るように淡い　白い霧
　昔の銀幕の乙女　昔…昔の…)

＊

闇に聳《そび》える幻の白鳥

ノイシュヴァーンシュタイン…

いつか朝子の脚が　ぼくに寄り添う
薄闇のなか　ぼくの微睡《まどろ》みかける眼に
それは純白の白鳥の　しずかに重ねられた羽
白い微光を放ち　ひっそり息づいている——

夢はいつか現《うつつ》となる　あるいは現に還る
ともに落ちた眠りのなか
ぼくたちは　たぶん
ひとつのおなじ夢をみていた……

地球は　おなじ大きさの　すてきな玩具《おもちゃ》をふたつ　もっていて…
…火の球《たま》と氷の球…大空に現れ　地平に沈み
まるで追いかけっこしてるみたい

あるとき運悪く 火の球が捕まって…氷の球の縁《へり》が燃える…
コロナ…紅炎と純白の…凄まじい光の荘厳指輪《リング》——
そのとき地球は　どきどきしながら真っ暗で…
遠近《おちこち》の星さえ　燦めきいでて…

掌《て》に重ねられた朝子の掌が
急に力を増してくる
それはただの　眠りの淵の深さのせいか
それとも秘められた愛の証《あかし》か——

街路には陽射しが戻り
爽やかにそよぐ若葉
こぼれ散る真珠　水晶
指と指が重なるよう　離れたままのよう
中途半端な繋ぎかたで

縛《いまし》めと囚われの世から逃れるよう
人波から人波を過ぎ
いつか　遙か頭上に
おおきく青空がひろがるあたりまで――

昼下がりの電車で

いつも通学に乗る電車は
その午後　なぜか　ひどくがらんとして
遠くの扉近くに　ふと　薄黄のひかり

――あなたが先に視ていたのよ
いまでも　きみはそういう
――きみの視線を感じたからだよ
ぼくはそう　いいかえす

（いま　ぼくには分かる　それは同時だった　と

ある未知なるものに導かれた　同時だった　と——）

恥じてか　予定どおりか
きみはすぐ次の停留所に——
突き動かされるように　ぼくも降り
跡を追った
迷いも決断もない　その時間はない
ただ　夢中　あるいは霧中…

凍りつく恐怖は
声掛けの　その一瞬にきた
（振り向くその眼が　もし　冷たかったら！）
しかしぼくを迎えたのは
その小顔いっぱい　つぶらな瞳《め》いっぱい　あふれる笑み
（なんという不用意！　この女《ひと》は…ぼくも）

初めて知ったきみの名

朝子——

下弦の月

深夜の空に
ふと　半月の輝き――
まだ夜の底の太陽に
熱に潤み
ひかりに満ちた面《おもて》を向ける
――はやく来てね！
と乞うているのだ
迫りくるあの黒雲に隠されても

おまえはしあわせ
おまえの輝きは失せず
もうすぐ太陽に会えるのだから…

四月の雪

朝子が初めて迎える北国の夜
盛岡北郊　上田八幡森の狭い急な坂道を降り
銭湯へ向かう
道の両側に黒い杉木立が
天の暗がりにまで伸びている
はらはら雪は疎らな人家の庇まで降《くだ》り
ようやく微かなひかりとなる
その帰り道のわずかなあいだに
朝子のながく垂らした髪は
もう凍りついていた

――わたし　こんなところ　もういや！
いやといわれて　ぼくに　どんな術《すべ》があろう
黙ってその薄い慄《ふる》える肩を抱きよせる
帰り着く先は土蔵のなかに設えられた一室
押入の代わりの二段棚
他の世帯といっしょの土間で
朝子はこれから　ささやかな夕餉を
七輪で煮炊きする
食事が終われば
これだけはと引越荷物に忍ばせてきた
トランプ遊びをする
眠くなるまでする
白壁に○×を延々と印していく
壁がいっぱいになれば
ぼくらはこの穴蔵から抜け出して

すこしはましな住まいに移れるだろう

あの蔦に覆われた土蔵は
とうに崩れて　もう世にないだろう
しかしあのとき壁に刻んだ印たちは
いつまでも燐のように慄え
夜には青白く燃えるだろう
手を繋いで輪になって踊るだろう
置き去りにされた　ぼくらの子たちのように

あの土蔵に　帰れるものなら
また帰りたい
たとえ　ぼくひとりでも——

崖下で

白雪輝く岩手山頂は碧空に鎮もり
日はまだ高い
切り立った崖の上
若草の褥《しとね》に伏し
崖下の朝子を見おろしている
新開の団地の
どれもおなじ作りの一軒一軒
しばらく玄関に消えては　また出てくる
その時間が短いので
やはりどこでも売れなかったのだと

上から見ていても分かる
ときどき　ぼくを見あげての微笑《わらい》は
舌こそ出さないが照れ隠しか
いつか中身をみせられて知っている
女の細腕に過ぎるほどのものは
ケースにはない
小綺麗な化粧品セットは　そのままで
いつまでも売れ残っているのだろう
男のけちな自尊心など
どうしてこの屈辱に耐えられよう
朝子の姿が玄関から消えるたび
嫉妬めいた鉛が筋を引き
いいようない不安に襲われる
もしや朝子が――
けれど一軒一軒と朝子の姿が遠ざかるにつれ

薄黄のワンピースのひらいた裾が
翻《ひるがえ》る蝶のように視えてくる
まるで　どんな汚れも染みつきはしないよう——
蜘蛛《くも》の微細な網のよう
沈んでいた　ぼくの心は
いつか愛《いと》しさに揺れ　黙って
そのかろやかな舞を愛でている

柳の岸辺

盛岡北郊の北上川
もうずいぶん遠くまできている
手を繋《つな》いだり
前後したりして
柳の岸辺を歩いている
暗く蹲《うずくま》る幹に
水面から黄緑や薄緑の斑点が照り返す
あたりに人影はない
朝子は笑い
頸に巻いたショールは春風に膨《ふく》らみ流れ

ともに満ち足りているので
言葉を交わすこともない　ただ
これが夢でないことだけを
ひそかに願っている――

北上・その中途

柳の岸辺に沿って歩いている
ゆったりした流れなので
北と南のどっちに流れているのか
よく分からない
岸辺を小暗くしている柳の繁みの
小枝の先が流れに揺蕩《たゆた》っているのも
その手掛かりをあたえない
ふたりとも薄青いジーンズ姿
朝子は愛用の白いショールを頸に掛けている
太陽はもう西の方

岩手山麓に差しかかっているが
その動きもゆっくりで
まだしばらくは日が暮れそうにない
朝子は無言のまま歩きつづける
いつまでも　なにを話しかけても黙っている
にわかに風が立ち　吹き飛ばされそうになり
ショールの両端をもって十字の形に胸に抑える
すると周りのなにもかも　遠くの森や
遥かな山並みまでしんとなり
すぐ下の川さえ
流れを止めたかのようである――

真夜中に昇る月

気まぐれな月は　ふと
真夜中に昇ったりする
夜の底が白むまで
あてどなく
空をさすらう

働き疲れた人々はもう眠っている
やすらかな寝息を立てて眠っている

眠れずに

夜の底をみつめる男もいる
その虚ろな眼にも
月のひかりは忍びいる

その虚ろな心を
月はふしぎそうにみつめている
黙って　遙か彼方から　みつめている――

薄明

——しょうないねえ
とでもいうよう
大鳩は羽を挙げ
ぼくの胸を指します
鳩の目は赤い（泣いている？）
灰色（無表情？）
よくみえません
人気《ひとけ》のない北国の小都会の駅
しんと張りつめた空気のなか
しずかな雑踏が木霊《こだま》します

鳩はまた改札の上の大時計の陰に隠れます
大時計は長針と短針が上下一列
朝なのか　夕なのか
わかりません
それがぼくの終わりを告げるのか
始まりをかも――

冬・弘前

雄叫《おたけ》ぶ北風はシベリアから
夜通し遙かシベリアから
揺らいで向きを変え　オホーツクから
ようやく大気は黎明の陽光《ひかり》を浴び
城下《しろした》の隠沼《こもりぬ》に
立ち枯れ折れ伏す睡蓮は
燦めく氷花に飾られる
隠り家で　夜通し漆を
塗りこめ塗り重ね削り落とし塗り重ね薄く刷く男は
ようやく顔をあげ

眼を細めて光の窓をみあげる
窓に彩《あや》なす氷華《ひょうか》はもう溶けかかっている
凍った雪道を行き交う人々の足音が軋《きし》む
空腹が彼を襲い
まだ眠気は差さない
彼はまた手に刷毛を握りしめる

折れた洋傘

岩手大に二年いて弘前大に移ったその年
一九六〇年五月一九日深夜　国会で新安保条約の強行採決
学会で上京し　朝子の実家に泊まっていた
ふいに白黒テレビの画面に釘づけになる
ギョロリ眼　ひん曲がったどす黒い顔
岸の不意打ち！
ぼくの顔色をみた義父は
――岸さんも強引だね
心にもない慰め
ぼくのグラスの澄んだ黄に

いつまでも微細な泡が昇りつづける

しらじらの夜明け　雨もよい
玄関の傘立てから
いちばん古ぼけ浮き上がっているのを引っ掴み
始発の電車を目指し　走り出る
朝子が追ってきて
――それ　お父さんの洋行記念の…ロンドンの…
呼びかけたのを聞き流し　走り去る

代々木公園のいつもの一郭には
学生らしい連中がパラパラいたが
見知ってる顔はない　全学連の旗もまだ立っていない
なんとなく　いまいるものだけで
とりあえずデモろうということになり

にわか仕立ての三列縦隊　みんな手ぶらで
ぼくの華奢で長身《ながみ》の傘を先頭三人が前に構え
気づくと　その真ん中が持ち主の小柄なぼく
右　左と見あげれば
日焼けした屈強の大男　かつて中野重治が
「ふっとぼおるばかり蹴っているのもいる」と詩に書いた種族だ
（逃げられない！）

あたりには人影もまばら
国会議事堂までの一〇キロを黙々と進む
正門の扉は閉まったまま
警官はおろか　衛視らしいのもいない
目的地で流れ解散がいつものしきたり
（とりあえずこれが　新安保反対の最初のデモということか）
満足して両端の歩道をぞろぞろ戻る

遠くの壮《さか》んな掛け声が　やがて姿をあらわす
色とりどりの鮮やかな組合旗　みごとな隊形からジグザグデモ
路上いっぱい　活気は空高く舞いあがる
（あの頃　日本の労組はまだ生きていた…）
二、三の声が　帰り道のぼくらに呼びかける
「行こう！　いっしょに行こう！」
それはただの昂揚した気分の陽気な呼びかけ
「卑怯者！去らば去れ！」ではなかったが――

（先年　砂川から決戦の前夜　恐怖の予感に脅え
闇雲《やみくも》に逃げ帰った汚辱の傷痕が
ふいに疼き　打ちのめされる…）
（仲間と腕を組み　ともに揺れながら
いまは伝説となった　あの〈赤とんぼ〉を歌いたかった）
（歌うことは　もう　ないだろう…）

細身の傘が真ん中で折れているのは
帰りの電車に乗るとき気づいた
――また警官隊と揉みあったんでしょ！
いくら違うといっても朝子は信じない
――警官どころか　衛視みたいなのさえ　まだ一人もいなかったよ
いっても　まだ信じない

メーデー

毎年の集合場所は市中央の小学校校庭
整列したわが縦隊の先頭で
真新しい組合旗を捧げもつのは　ぼく
教職員組合は一昨年できたばかりで　去年はまだ旗がなかった
メーデーの前日に　それを忘れていた係のぼくが
朝子を拝み倒して作らせた
――無地の赤旗でいい！
ぼくの夢は中国紅旗
でも手持ちの布地に赤はないという
キャンパスの隅　掘っ立て小屋風の書記局では

そのピンクの小旗をみて大笑い
――これ　女物の服の裏地ね
中執の女のひとりが　目敏《めざと》く見破ったが
なにせもう時間がない
もう一人の事務員と汗だくで　切り抜いた青文字を縫いこんでくれた
各支隊の旗手が円陣を組む場面では
われらが大男の捧げもつ旗は　哀れにも貧弱
今年はぼくが染物屋に特注して一人前の旗を作った
で　今回は　ぼくが旗手
誇らしく縦隊の先頭にいる
ふいに朝子が壇上の議長団の端に座っているのに気づく
なんで朝子が？――
はやくも　ぼくを認め　にっこりする
ぼくは気が気でない
隊列のなか　それもぼくの真後ろに

ぼくを追ってきた女がいるのだ
たぶんいま息を詰めて
壇上の朝子を凝視《みつ》めている！
正式のメンバーでもないのに
なぜ図々しくあんな目立つところに！
ぼくの怒りをみてとったか
朝子の眼が脅え　姿が消える
急に朝子が哀れになり　身の置きどころがなくなる

＊一九七〇年四月二〇日、現在まで受け継がれてきた組合旗ができあがった。それまで「貧弱なピンク色の旗」しかなかったということでは肩身が狭かったが、「新しい旗は弘大職組のシンボルとしてまことにふさわしい立派な旗と好評であった」と広報された記録がある。

――『弘大職員組合五〇年史』二〇一七年一一月

この『五〇年史』の原稿募集のその日に、ちょうど青森県詩集『青森２０１７』に送ったばかりの詩〈メーデー〉を転用してメール送付。まさに絶妙のタイミング！　それで編

集部が、旗を誉めてくれたか？（笑）
ここで当日のメーデー実行委の名誉のために断っておくと、途中の朝子の登壇以降はフィクション、というより、この頃また視るようになった明けがたの夢。この夢から覚めて、昔のことが憶いだされ、この詩が生まれたのだった。

水子

やった！　鋭く抉《えぐ》る金属音がした
弘前城公園の堀端に出ようとするT字路の左折
助手席の青ざめ無反応な朝子との口争いに
底深い苛立たしさを抑え　まるで夢のなかでのよう
無造作に市役所の方に曲がって行こうとした
そのとき右から黄色のタクシーが疾走し掠《かす》っていった

タクシーはそのまま行き過ぎる
それなら…ふと　あかるいおもいが閃いたが
タクシーはずっと向こうに止まると　しずかにバックしてきた

やはり逃れられない――

タクシーの左尾灯の赤ガラスの破片細片が
路傍に黒ずむ雪のうえに散り
こっちの被害は右ライトの鉛の枠がわずかに歪んだきり
朝子はいっそう蒼ざめたか　それとも変わらないのか
このごろふいとみせる鉛色の無感動の眼
サニーGL一二〇〇　イエローと黒のツートンカラー
初めての車　それも新車　初めての運転
それが朝子の毎日を覆う鉛の空に射しそめる
陽光の一筋となればと願ったのだが――

精悍に日焼けしたわかい運転手の眼と手に促され
タクシーのあとにつき　引かれ者のようなUターン
袋小路のようなKタクシー亀甲営業所の車庫へ

ここは事務室兼運転手たちの溜まり場
膝つきあわせるよう
せまい円陣を作ってストーブを囲み
つぎつぎ電話の呼び鈴ごとに駆り立てられては
また戻ってくる
ここの人数は一人にも減り
また七、八人にも膨《ふく》れあがる
蜉蝣《かげろう》のように慌ただしい
かれらのなりわい
かれらの日常

この日はちょうど一九七二年二月二八日
浅間山荘事件の終幕
(この事件の恐るべき真実の意味が明かされるのは後日・・・)

小さな白黒テレビに
南軽井沢浅間山荘に囚われた女の
強行救出作戦の画面が映っていた…
　人質の女　射殺された二人の警官
　山荘を取り巻く火を吐く機銃　ガスの靄…
（殺すな！　死ぬな！　どっちも…）
ストーブに手を翳《かざ》しながら
わかい運転手たちは真剣な面もちでそれに見入っていた
（いまここで学生たちへの痛罵を聞くのは辛い…）
が　ときおりふっとかすかな嘆声が洩れるきり
連合赤軍派を罵ることはない

画面ではやがて　ひとり　またひとり
両脇をがっきり押さえられ引き立てられてくる学生たち
びしょ濡れの一人は白ぼったい顔を腫らし仰向かせ

うすく瞼《まぶた》を閉じて…

（愚かな…）
（しかし彼らの間違いを責めるほどに
ぼくは　かれらの心の痛みを
おなじ痛さで感じていたか――）

ベニヤ壁には全国指名手配の写真が貼られ
弘前大の二人の学生の名も…
一人は眼鏡の精悍な　一人は色白の気弱そうな
二人の欄にはもう赤マジックで×印がつけられていた
――あなたがドイツ語を教えた学生？
眠り飽きた小児のような声で朝子が聞く
――いや　ここにはいない
あたりをはばかり　抑えた低声《こごえ》

尾灯の部品交換　塗装料　休車代　締めて一万円
――どごさお勤めですが？
――弘大です
――学生さんですが？
――いえ　教師です
事故係のにこやかな顔は　いっそう　にこやかになった
――これもさ　今月の水子金ば貰えなぐなたんだきゃ
（水子金？……昔　ローマのガレー船
　鎖に繫がれ　いっせいに櫂を動かす奴隷たち）
若木のように若いその運転手の
一日の稼ぎ　ひと月の稼ぎ
毎日の忙《せわ》しく駆り立てられる仕事　貧しい暮らし
この溜まり場の人間関係　労務管理
そこに流れる　なにか水底の悲哀のようなもの

それらすべてが眩暈《めまい》のように　ぼくを撃った
（水子金――）
そのささやかな報酬を
ひと月のささやかな楽しみを
この小さな事故が　ふいにしたのだったか

〈水子金〉ではなく〈無事故金〉だった
そう気づいたのは営業所を出て
どんより鉛色の公園の堀端を走っていたとき

そうだった　さっきの朝子とのいい争いは
あの堀端に眠る睡蓮の根のこと
それが水中に浮かんでいるか
それとも泥の底に埋もれているかということ
なぜそんな　つまらないことに　ふたりとも眼を燐火にしたか

なぜその黒ずんだ揺らめきが
ぼくたちの心を捉えて離さなかったか――

(厳冬に凍り　春に溶け
鉛いろに腐れ澱む睡蓮の毛根の
その黒ずんだ　ゆらめきの――)

いままた宿命のよう　この堀端に出て
毛根めいて絡みつくおもいに捉えられ
凝灰のよう　助手席にいる朝子を
ふと　怖れのように視る

(それにしても　水子――
ぼくらの透明な水底《みなそこ》に眠っていた子
眠っていたのは　ほんの三月《みつき》

あとはどろどろの粘体となり
あの辺の溝《どぶ》に捨てられて…

なぜか　いま　ぼくの想念には
ひっそり水底に睡《ねむ》る
閉じられた瞼の　かぼそさしか残っていない――）

セレーネとエンデュミオン

これは月神セレーネに愛された
美貌の牧童　エンデュミオンの
哀しくも倖せな物語

セレーネ　一途《いちず》な乙女
ただひとりの男に想いを寄せる

乙女は乞うた
父なる大神ゼウスに
恋しい男の不死を

だがすぐに乙女は悔いた
永遠の青春を　ともに願わなかったことを――

セレーネ　賢い乙女
おもいびとを老いさせまいと
深い森のような思案を巡らせる

セレーネは男を眠りにつかせる
永遠の眠りに――

永遠に閉じられた瞼のなかで
男は夢みる　ただひとりの神秘の乙女
その光り輝く衣擦れの音を――

逢い引きの隠れ場は深い森のなか
神々の眼にさえ窺いしれぬ

セレーネ　慎み深い乙女
父神の命を守り
男を訪ねるのは　ただ新月の夜にだけ

新月の夜は深い森のなか
濡れた叢を輝かせ
白い素足が過ぎていく

天空に懸かる夜は　光の指で
そっと触れる　おずおずと

天上の持ち場は離れずに――

満潮の想いを　うちに秘め
ただ　おずおず　と――

セレーネ　蒼白の欲深女
その眼には男の夢がみえる　永遠に
ただひとりの女だけを　みつづける夢が――

今夜は満月
いまもひとり　天空を仰ぎつつ

家路を失い　野を流離《さすら》う
蒼白の惚《ほう》け男は夢みつづける

博多人形

母よ
はじめてあなたが美しくみえた日——
もう　この世のひとではない　あなたが——

柩に鎮《しず》もる
薄化粧のあなたの枕もとに
あなたの居間の小箪笥にいつも座っていた
ざんばら髪の童女が寄り添う

いまも変わらず　微笑《わらい》ともつかぬ
漆黒の眼を宙に浮かして——

人形の由来を　納棺のとき
初めて姉から聞いた

姉　ぼくと続く七人きょうだいのあと
戦後の窮乏のなか…

この世の光をついにみず
闇に消えた
ちちははの末娘の形見にと
出張帰りの父が贈った

三十年もまえに世を去った父の

生涯にただいちど　母にやさしかったとき――

まだみぬ妹が急に恋しくなり
その人形を引き取ろうとしたが
妹たちが揃って
縁起でもないと必死に止めた――

紗に透ける母の面立ちは
はや　わずかに落ち窪み
せまく朱に彩られた唇は
ものいうことなく
かすかにひらかれている

はじめてあなたが
美しくみえた　ひととき

この　ひとときを　ぼくに遺して——

返魂

——弘前市南郊　久渡寺蔵　伝円山応挙「返魂香之図」

鬱蒼《うっそう》と天に聳《そそ》り立つ
常緑の木立のあいだ
頂上の寺までまっすぐ登る　二百段

立ちのぼる香《こう》の
紫紺の一条《ひとすじ》——

人はなぜ　世を去ったひとの姿を
この世でまた　みようとする？

直向《ひたむ》きの一条に立ち昇る
返魂《はんこん》の香の
噎《むせ》び泣く激しい香り

霧雨のよう　うすい濃淡に解け流れる髪が
肩から背へ――

わずかに彩られた
ほっそりの目鼻立ち
俯せた眼が
心もち　こっちを窺っている
（いまだ愛　ありや　なしや？　と――）

白一重《ひとえ》の胸もとに
手を差し入れたまま――

画幅の下半は
茫《ぼう》と　白

返魂の業《わざ》するものの
儚《はかな》い夢よ

そしてついに
返魂の貌《かたち》を視得たものの
たまゆらの幸《さち》よ

あの花が　いまは眩しい

正月を迎える生け花は
免許もちのぼくの役割
――あなた師匠なんだから
煽《おだ》てられ　毎年続けてきたが
麗々しく玄関に掛けた看板も
いつか古びて埃だらけ
ある年　仕事に追われるぼくをみかね
朝子がした
――天才だ！
叫ぶと朝子は笑った

――自分でしたくないものだから
ささやかな松の小枝と小さな花たち
あの花が　いまは眩しい――

「指」習作三編

指から

指から顕《あらわ》れる
それを捉え　次いで
やわらかに湿った掌《て》を擦《さす》ると
ぼくの掌を擦り返してくる
すこし擽《くすぐ》ったいが　気もちいい
掌から先の　どこまで姿を現すのか
あるいは消えるのか
期待と怖れに慄えつつ
この時間《とき》が

いつまでも続くことを願っている

指の戯れ

指を押さえ　絡みあわせる
たがいが　たがいを逃《のが》すまいとでもするように…
小指が　ぼくの手の甲に触れてくる
おずおずと　その在処《ありか》を探るよう…
こうしているあいだは
ぼくが逃げまいとでもいうように…
ぼくは必死にその指の体温を感じている
こうしているあいだは　朝子は消えない

妨げるものはなにもない
この指の戯れが永遠に続くことを
ふたりとも信じている

いっさいの夢が

いっさいの夢が消えたところに
ただひとつの貌《かたち》だけが残る
指が顕《あらわ》れる　そして掌が
腕は半ばまで――
いつ覚めるかしれない　浅い夢と意識しているので
ぼくの手は欲深になり

時間に貪婪《どんらん》になる
まず　おずおずとその指を握り
しだいに大胆に掌から腕へと…
いつまでも消えないのはいいが
その指や掌が　しだいに
指などではないものに変わっていくようで
泣きたくなる

緑の洋館

海の見える丘へ行こうと
手を繋《つな》いで出かけたが
途中　見知らぬ都会の大きなスーパーで
珍しい南国の果物などに見とれているあいだに
はぐれてしまった
必死に跡を求めて彷徨《さまよ》っていると
ふいに海を望む丘に出た
眼下は絶壁
打ちひしがれていたが
ふと振りかえると

近くに小さい洋館が立っている
最上階の窓が開いていて
朝子とおぼしい顔がみえる
いつのまに　ここに?
もしかして　だれかと所帯でも?
眼で探ったが
まるで子どものらしい小さな
白地に赤い小花の刺繍のアプリケを
干し物の輪に吊している
それは肌着か胴着か
おなじようなのが数枚だけ
まだ一人暮らしとわかり　ほっとする
朝子はぼくに気づき
じっとみつめる――

夕餉

月明かりの堀端に
小暗い家々が軒を連ね
ひとつの窓だけが茫とあかるい
近寄って覗くと
再婚相手の夫らしい初老の男が新聞を広げ
白い飯を口もとに運んでいる
それが玄米でないのが
すこし悲しい
お下げ髪の女の子は背中しかみえない
肩幅が広く丈夫そうで

とても朝子の産んだ子にはみえない
すると継子か…
朝子がいまは
どんな料理を作っているのか
しばらく眺めていたが
やがて朝子が気づき
ふしぎなものでも見るような眼でぼくをみている
――いつから　ここにいるの?
おもいきって聞いたが
ぼくの声には響きがない
男はこっちを見向きもしない
どうせ　ぼくの姿もみえないのだろう

送り絵の女

紅衣長袖《ちょうしゅう》
眼もと凛々しい女が
背を撓《たわ》め
腰を捻《ひね》り
振りあげた剛刀のもと
髭もじゃの男の首が
血飛沫《しぶき》を揚げ　奈落に落ちる

女の眼は　あらぬかたを凝視《みつ》め
なんの表情もみせぬ

脅えつつおもう
（あの眼は でも　たしかに朝子…）
横笛の音　太鼓の轟きは　いよいよ激しく
夜闇は　ますます深い
――

佞武多《ねぶた》の華やぎから遠ざかり
街灯が疎らになったあたり――

あのとき女の眼に
ふしぎな霊が宿り
一瞬に輝いた
まざまざと見えた とおもう

やはり朝子か……

でも　なぜここに？――

月よりの使者

深夜　寝室の窓をあけ
空をみあげた
同月に二どめの　稀な満月という
七月の末の夜――

窓を閉めベッドに戻ると
まだ幼いきりぎりすが
いつのまにか指に止まり
じっとぼくを窺っていた
薄い滑らかな顔を

まっすぐ　ぼくに向け
粒々の黒眼

ぼくは昆虫が怖い
悪寒がし　窓から捨てようと
ティッシューを探しているうちに消えた

いつまた　ぼくの顔に乗るか
恐れつつ寝ようとしたが
うつうつの眠りの切れめごと
まるで夢の代わりのよう
ぼくを慕い　縋りついてくる姿が――

なぜか慕わしくもあったのだ
月よりの使者か　なにものかの霊の

仮の姿か？
薄緑の翅を震わせて…
浅い眠りが薄明まで続く
満月の夜——

わたしは風

林檎園の丘に立つ　一本の風来樹――

節くれだった肌
曲がりくねった枝

ざらざらの幹に耳をあてると
かすかに　風の囁き…

　いや　これは
風じゃなくて樹の囁き

風は樹の
かろやかなこいびと
風は通り過ぎるだけ
あかるい陽《ひ》を背に負って

枝を揺らし
笑い　さざめきながら…

樹だけが囁きつづける
いつまでも消えない響きを…

通り過ぎた風に
せいいっぱいの枝を差しのべて――

風は振り返り
歌う——

わたしは風
あなたのこいびと

天の涯　地の果てを巡りめぐって
いつかまたここに帰る

あなたも　いつかは風に還る
そしたら手に手を取って

この大空を渡りましょう
黒雲の渦巻くなかも

砂塵が舞いあがり
青空を覆い　隠すときも

ふたすじの清らかな小川のように
この大空を渡りましょう

天の涯　地の果てまでも巡りましょう
遥かな海を眺めましょう

わたしの訪れた山や川　町や村
遥かな国々を　あなたにみせたい

あなたが知らないわたしの旅路
あなたとともに巡りたい

わたしは歌う
永遠に　あなたへの愛を――

旅の一群

ながく厳しい告解が終わり
台から起ちあがって独房めいた暗室を出る
分厚いガラス窓越しにみる広場は
あかるい陽光のもと
異国の花たちが咲き競い
人の波で揺れていた
（この広場の噴水は永く涸《か》れ　鳩は翔ばない）
見知った顔が幾人か混じっているので
日本からと分かる一群が
すぐまえの大聖堂から出て

横顔だけをこっちに向け
足早に　笑いさざめきながら
まっすぐ向こうに歩いていく
遠方への旅らしく
みな大きい重そうなリュックを背負っている
予感があったが　眼を凝《こ》らすと
やはり先頭に朝子がいた
顔はみえないが
黄の帽子に大振りの鳥の羽を挿し　黒いコートの
見慣れた出で立ち
朝子だけがリュックなしで
鳥のように軽やかに　一群を先導している
こんな近くまできて顔も見せなかったことに
鋭く甘い痛みが走る
（また逢える日があるか　分からないのに――）

しかしその眼から幾筋もの涙が迸《ほとばし》りでるのが
ぼくには視える——
広場を逆の方向からやってきた
ブロンドの女がひとり　窓越しに
ふしぎそうな眼で　こっちを凝視《みつ》めている

ブレーメンの茅葺き屋根

町の入り口　塔門の上階に
小さな歴史都市博物館
その一室に　原始時代の模型

川や運河や掘割が
レモンの形に
濃密に息づく赤煉瓦の町を囲む

中州にひっそり佇む
丸太の木組み壁　茅葺《かやぶ》きの屋根

冬の夜長を
獣皮を纏《まと》い　薪を割る男
吊し鍋で明日の糧《かて》を煮る女…

（これと似た情景は
　日本の裏東北の博物館でもみた…）

ふいに激情が胸を引き裂く――
生々しいおもいが体中の血を沸き立たせる
ここにいるのは紛れもなく
いつかの日の　朝子…

暗い光に似て重いものが胸を塞《ふさ》ぐ…

悔いか　底知れぬよろこびか――

どんな暗がりで

どんな暗がりで
朝子に逢えるか
どんな明るみの陰に
朝子が潜むか
知ろうともしない　いや
知っていても避けようとする
惨めさ――

逢いに行かなければ
どこにいるとも知れぬ朝子に責められ

逢えば　逢ったで
抱きしめることも　かなわぬまま
別れのときは迫ってくる

知りながら
急峻の尾根の
引き返せない一本道――

まだ　いて

まるで夢のなか　蹌《よ》踉《ろ》めく風のよう
歩みを運ぶと
朝子は山間の
断崖の狭間にいた
それからもう何時間いたか分からない
(ここでは　時間は砂のように流れていく……)
なにを話しかけても
問いかけても
いつまでも黙ったままでいる
非情なはやさで

黄昏は切り立った上方の空から沈んでくる
ぼくの顔もみないまま　はやくも察したよう
やっと声を出す
——まだ帰らなくていいんじゃない?
おずおずと伏し眼で
消えいるような声でいう
そのまま黙って膝に載せた黄の帽子を弄《いじ》っている
それは昔　じぶんが余り布で作ったもの
ぼくは帰るに帰れず
また立ち去りがたく
黙ってその手を握りしめたまま
いつまでも立ちつくしている

忍び逢い

約束の時刻《とき》は日没
丘の中腹　針葉樹林の外れ
数本の白樺が斜めに立ち
あるいは繁みのなかに横たわる
ぼくはいつも遅れ　焦って山道を急ぐ
日が沈むと霧が立ちこめ
朝子か　霧か
見わけがつかなくなる
朝子はいつも
ずっとまえから来て待っている

樹に凭《もた》れ
不機嫌そうに
ぼくを見おろして待っている
約束の時刻に
いつも遅れることを怒っているのだ
ぼくは申しわけばかりの微笑を浮かべ
着いたばかりなのに
もう帰りの時間を気にしている
霧はぼくの体を運んでくれない
道に迷ったら
麓にさえも辿り着けない
——もう帰るの？
ぼくの眼の色　たゆたいを
すばやく察して
朝子の眼が鋭く光る

行かないで!

ふいに一塊《いっかい》の風のように襲ってくる
朝子の激情　歪む顔
――行かないで!
――行かないよ
ここがどこか知らぬぼくに
どこへ行くことができるだろう
朝子を抱きしめ慄《ふる》えつつ
絶壁の底の谷間にいて
遙か上方に
あらゆる願いを絶たれたひとすじの帯のよう

あかるく流れる青空を仰ぎ
ぼくの声は声にならぬ
これが夢なら
いずれは現《うつつ》に帰る
帰らねば　ぼくは　ぼくたちは生きていけない
にどと夢もみられず
きみとの出会いの場所もない
その想いを説き聞かそうとするが
もう朝子は聞く耳もたぬ
こんなにぼくが無力なのは
きっとまだ朧《おぼろ》な夢のなかにいるせいだ
この夢を生ききるか
非情に振り切って現に戻り
あらたな夢を夢みるか…

一塊の風のようでない
絶海の緑の島の夢を――

白無垢

夕映えの逆光に
紫紺の山巓《さんてん》
その肩に　薄紅の雲の棚引き
ほっそり　傾《かし》ぐ三日月

剥がれ　剥ぎとられ　なにもかも――
（剥ぎとり　奪いつくしたのは　ぼく）

奪いつくされたあとの

無垢のほおえみ
それは一片の白無垢　梔子《くちなし》の花
仄かな紅も消えたまま——

横たわったまま
細いうなじを曲げ
脚を曲げ
夢もみずに　眠っている
いつまでも——

薄墨の雲が
三日月を隠し——

永別

——わたし　もう疲れたの
俯いたまま　そっと消えいるような声でいう
ぼくは　ただ　慄えるばかり
いつかはと　おもっていた
まさか　いまとは　おもってなかった
不安が現《うつつ》になるとき
胸は凍りついたまま
そのままで　ふしぎに休らいでいる
窓外に
雨が白く煙っている

切符

手にした切符を
小首を傾《かし》げ　黙って凝視《みつ》めている
それは永別の切符
行く先は定かでない　どこか遠い異郷の地名
もの問いたげに　眼を挙げて
ぼくをみつめる
知りたいのは　ぼくのほう
――どこで　だれから手渡されたの？
聞きたいのをじっと怺《こら》える
応えは分かっているようで分からず

ぼくの思案に余る
朝子は黙って切符をみつめたまま
はや　涙ぐんでいる

旅立ち

暁はまだ暗く　夜ともつかず
いつか新しい朝は忍び寄る

下弦の月は梢に宿り
薄雪が地上に敷いている――

ものみなの旅立ち　その身仕舞いの
葉擦れのよう　かすかな　かすかな　さやめきに

まず旅立つのは　だれ?

この　かぎりない沈黙のなかで…
きみよ　ともに旅立とう
暁に燃える紅《あか》を目指して
けして　ひとりでは旅立たせない
この新しい　いのちの朝に――

恋文

暗い部屋の暗い箱のなかで
深紅のリボンを付けた小封筒が触れる
――あなたといっしょに暮らせて　倖せでした
　ありがとう　だいすきです
もう字が書けなくなるのを予感した朝子の
最後の恋文
封筒はいつまでも

凝然《ぎょうぜん》と掌《て》の上にある――

『神曲』の穴

穴は異界への通路——

ダンテの仕掛けた巨大な穴
聖地エルサレムの真下から
穴の底　地球の芯に鎮座する大魔王《ルチーフェロ》まで
地球に穿たれた陥穽の漏斗《じょうご》

地獄と滅びへの門は広い——
いくつもの圏谷に仕分けられた無辺際地獄に
わらわらと彼の政敵の群れがのたうつ

彼を祖国フィレンツェから追放し
生涯の流浪の旅に追いやった
王侯貴族　聖者　大司教たちの輩《やから》——

仕掛け人ダンテは　冷酷にほくそ笑み
永遠の恋人ベアトリーチェと相擁《あいよう》し
天上から涼やかに眺め下ろす

気合いと根性の入った歌は
みな地獄生まれ
そりゃ天国篇も水晶細工みたいにきれいだけど

ダンテの夢は
なぜ憂き世を離れ
遥かな光の銀河へと翔ばなかったか？

それはこの世に残す　どす黒い怨恨
血塗られた復讐の想いから――
それが彼を修羅の地上に繋ぎとめた

＊

ほら　そこの
古薬缶《やかん》の底に空いた小穴も
異界への抜け道
たいした怨恨など持ちあわせない水たちも
押し合い　へし合い
我がちに迸《ほとばし》りでて
諍《いさか》いつつ
地べたに拡がる――

運命を悟るハマン

――レンブラント画　「大エルミタージュ美術館展」二〇一七年　東京

（この命名は画家自身のものともおもえぬ――）

暗く沈んだ絵　まだらに厚塗りされた褐色の闇から浮かびでる
古代ペルシアの大王クセルクセスとその重臣ハマン
中央に大きく描かれたハマン　面《おもて》を伏せ
処刑場への重い一歩を進めようとする
遠く右に座す大王の眼差しは曖昧に左右に揺れ　微妙に逸らされる
（神意を承《う》け　その心を擒《とりこ》にした美女エステルの幻を求めてか）
それは腹心の部下の凶悪を怒り　処断するものの眼ではない
左下に描かれた同僚の老臣は

背後からこの魂の惨劇を直視する
ハマンの運命は　そのまま　わがこと
その恐怖を全身で感じ　戦《おのの》いているのだ

高官の徴の赤い衣　その合わせめ　胸のあたりを
ひしと　わが手で抑えるハマン
ハマンは　いま初めておのが運命を悟る
知らずして世界の唯一神　視えざる神に反逆したことへの
恐るべき報いを――
（もう遅い…遅すぎた…）

老人は処刑へと向かうハマンを背後から凝視する
いっさいの望みを絶たれ　神への生け贄《にえ》となって
底知れぬ闇へと連れ去られる　おのが朋輩《なかま》を――
怖れと憂い　悲哀に満ち

その面持ちは沈痛である
彼はただハマンの悲運を凝視《みつ》める
それはレンブラントその人の眼差しか——
（その深潭《しんたん》はすでに画題を超え
　神をも遙かに超えている…）

いま　ぼくが戦《おのの》くのは
いま　レンブラントの眼で
おまえの魂の真の姿をみたからなのだ
この聖なる絵描きが　おまえの罪に
その真底《しんそこ》の意味をあたえなかったら
おまえの名など分厚い聖書のなかで
うつろな眼で読み　過ぎていたろう
聖なる書のなかの　ただの罪人《つみびと》で終わっていたろう
いま初めて　おまえも人の子　一個の魂ということが視えたのだ

いま初めておまえの名が　ぼくの生を過《よ》ぎり
おまえの絶望がぼくの魂を揺さぶったのだ
おまえの頸に刻まれた縄目の痕《あと》は
いまも残り　傷むか？
ああ　ハマンよ　ハマン
おお　何千年に渡るこの世の　久遠の生の流れのなかで…

事の顚末《てんまつ》なら旧約「エステル記」に――
古代ペルシア　大王クセルクセスの治世
国を滅ぼされ　遠いバビロンの地に捕囚となった
順《まつろ》わぬ民　ユダヤ
彼らすべてを　ハマンよ　おまえは滅ぼし絶やそうとした
それはたしかに天地も許さざる罪
いわば古代の民族浄化　ジェノサイド
王の変心により未遂に終わったが

ハマンよ　たとえ　おまえの処刑は仕方ないとしても
なぜ　おまえの罪汚れない十人の子まで
おなじく吊されなければならなかったか？
また首都スサで五百人　また三百人　そして諸州で七万五千人もが
なんの故もなく処刑されねばならなかったか？
これはまるで　神の名のもとに行われた逆ホロコーストではないか
（「出エジプト記」の　エジプトの全長子殺戮の先例もある）

かくして古今の大帝国ペルシアは
その栄華の天頂を過ぎた――

記のなかで　話は巧みに造られているが
これはもともと　順《まつろ》わぬ民ユダヤを滅ぼそうとの
王とハマンの共謀ではなかったか
れっきとした共謀罪の　主犯は王

ハマンは不運な従犯に過ぎぬ
ただ王だけが変心し未遂に終わったのだ
ただひとりの　あのユダヤ女
傾国の美女　エステルのために――

復讐の神の道具となったこの女　捕囚中の
嬋娟《せんけん》の美女エステル
大王の召命を受け
その匂い立つ美貌に　さらなる彩りと装いを凝らす
いまや民族生存の望みは
この　か弱い女ひとりの双肩に掛かったのだ
こうして風向きが変わる　ハマンの運命は暗転した
――と　ここまでは記の物語

恐るべき旧約の民　イスラエル

復讐の血に飢えた民
流血と恐怖の神を崇める恐るべき民　イスラエル
倍返し　百倍返しであろうとも意に介さぬ残酷な神
この旧い神が欲したのは　ただみずからの全能の実現　明示化
ユダヤ人の長《おさ》　エステルの養父モルデカイなど
ただの木偶《でく》　手足がギクシャク動き その口からは
耳から吹きこまれた声がそのまま流れる
ハマンはその無残な生け贄となった
この神の眼には　ハマンの魂など視えていない
おまえの死霊をこの世に呼び戻し
ひとりの人間の悲劇に変え　不死の姿に描き上げた画家
レンブラントの深い眼差し
それはサマリヤびと　ペルシアびとにも等しく注がれる
新しい神の眼差しとおなじ
ハマンよ　おまえの霊はすでに　この絵のなかに

永遠の生を受けた
人の子としてのおまえの生の輪廻は　転生は
いつ　いつ　巡りくるのか――

ハマンよ　ハマン
おまえはもう　死にゆく身
おまえの顔に生気はない

けれどハマンよ
暗黒の意識の底で　微《かす》かにも
おまえは聞かなかったか
たとえ幽《かす》かにでも　永遠の微光のもとに
愛と赦《ゆる》しの神の声を――

ハマンよ　ハマン

まもなく訪れるおまえの死　魂は
赤児の姿に戻って天に昇る
生きとし生けるものすべて　神の赤子《あかご》
永遠に消えぬ罪の烙印など押されてはいない
生あるもの　みな　等しく滅し　また生まれ変わる
いつかおまえの魂は　また人の子として生まれ変わる
輪廻の赤い糸は　素裸の赤児のままの
おまえの踝《くるぶし》にも結ばれている
永遠のいのちの糸は――
〈最後の審判〉の日は　いつかおまえにも訪れるのだ

ハマンよ　おまえの生は
旧い残酷な神　血塗られた復讐の神に絶たれはしたが
新しい神　愛と赦しの神はいつか蘇らせる
聖なる書のなかに記された名は

すべて新しい神によって赦され
永遠の生を授かるだろう
聖なる書に名を残すもの　すべて
すべて　これ　聖なる神の器《うつわ》
断罪は即　復活なのだ
ハマンよ　いまはただ　やすらかに地底に眠れ
蘇りのその日まで——

ハマンよ　いまこそ　いまこそおまえの運命の
真実の意味を悟れ！
ハマン　ハマンよ

（旧い神　新しい神
　どうせ地獄落ちのぼくには無縁だが——）

旧約の話ならこれでいい
史上いくども迫害され　滅ぼされた民族ユダヤの
絶望的な救済への願望なのだから
この悲劇の　より凶悪な再現なら二〇世紀ドイツのナチス
これなら　なお　われわれの記憶に新しい
それを逆手に取って相手を中東・アラブにすり替え
今日の血生臭い利権の道具にするイスラエル＝アメリカ
凶悪な資本軍事帝国
その論理こそ　本来の神意とは真逆
この世　この世紀のあらゆる禍《まが》々しさの元凶
歴代の大統領が就任の宣誓に手を置く聖書は偽書か
新約は破り捨てられたか？
倨傲の面《おもて》の古今の王や首相
そして今日の　かの大国の歴代の大統領
おまえたちも　いつかは　おのれの罪の重さを

その真実の意味をこそ悟れ！
新しい神よ　旧き神を葬り捨てよ！
旧き神は　ただ　旧き民に遺せ！

ぼくがその研究に後半生を傾けた
ユダヤ系ドイツ女流詩人エルゼ・ラスカー＝シューラー
ナチスに追われ　シュヴァイツに亡命
血はユダヤ　しかし詩の言葉も心もドイツ
身はふたつに引き裂かれる
一九四五年　ドイツ敗戦のわずか数か月まえ
旅先のエルサレムで病没——
その頃　欧米のエゴの終着　旧約の
約束の国イスラエル再建は　まだ朧な構想
しかしエルゼは　はやくもその卑俗な国柄を見抜いていた

「神との繋がりを失った　わが民　ユダヤ!….
これはわたしの　祖国ではない…」

（いま　しずかに問いかけたい人がいる――
比類なき愛民愛国の詩人　金時鐘よ
あなたなら　どうおもいますか?….事を問うとは
事を問うとは　これでよかったのでしょうか?――）

ジゼル

森は深い闇
そのいっそう深い闇の木陰から
おずおずと浮かびでる白い腕
ジゼルが白い花を差しのべる

その芳香《かおり》に含まれる癒しと毒気
おのが息　絶えて　なお
ジゼルの恨みが男を殺し
ジゼルの愛が男を生かす

村娘ジゼルが愛したのは
身分を隠した装いの貴公子アルブレヒト
その偽りを暴いたのは
ジゼルを愛した森番の男

森は深い闇
赦しを乞いにジゼルの墓を訪れた森番
しかし未婚の処女の霊たちは
愛されない男に冷酷！
死ぬまで鬼火に追い立てられ　踊らされ
死の沼に突き落とされる

やがてここを訪れた公子も　純白の輪舞に囚えられ
死の踊りを踊る　踊りに踊る
ついに朝の鐘が鳴り　朝日が射し

霊たちは墓に戻る
ジゼルの必死の命乞いに
時が流れたのだ――

ジゼルはまた　森の暗闇に消える…

隠れ家への道しるべは
月あかりに仄白く浮かびでる
まだ木の香漂う　真新しい十字架
（深い森　夜闇を恐れず　あそこへ行けば
　ジゼルに会える！）

まだみぬひかりに…

わたしの眼に
ひかりが射さない　…まだ…
わたしの眼が
ひかりにおののくのは　いつ?――
まだみぬひかりに
わたしの心臓《こころ》は慄える…

わたしは　うつうつと
太古の聴覚に引き戻される
遙かな海原の轟きが

わたしの魂に
沁み　溶ける――
……………………
あれは風？　風の呼び声？
わたしの名を呼んでいるのは　だれ？……

薄紅から群青へ
移りつつ溶けあう色層
空と海のあわい　流れ行く雲たちの
慌ただしい移りが　せつなく速い…

潮は満ち　揺らぎ
水平線　波打ち際の交わるあたり
かすかに揺れ　漂う白い衣
あれは…　朝子…

衣の裾をひるがえし
大空を背に
朝子が波打ち際を歩いてくる――

初出誌一覧（雑誌別発行順）

「亜土」
水子　第二七号、一九七二年一二月

「詩と思想」
ジゼル／まだみぬひかりに…（＝旧統一題）　二〇〇九年七月号、二〇〇九年七月一日
緑の洋館　二〇一〇年五月号、二〇一〇年五月一日
『神曲』の穴　二〇一五年九月「穴」特集号、二〇一五年九月一日
四月の雪　二〇一六年八月号、二〇一六年八月一日
返魂　二〇一七年七月号、二〇一七年七月一日
柳の岸辺　二〇一八年五月「私の記憶・風景」特集号、二〇一八年五月一日
旅立ち　二〇二〇年五月号　二〇二〇年五月一日

「青森県詩集」
冬・弘前　『青森２０１１』、二〇一一年一一月二七日
薄明　『青森２０１２』、二〇一二年一一月二三日
博多人形　『青森２０１３』、二〇一三年一一月二三日
あの花がいまは眩しい　『青森２０１４』、二〇一四年一一月二三日
ブレーメンの茅葺き屋根　『青森２０１５』、二〇一五年一一月二三日
メーデー　『青森２０１７』、二〇一七年一一月二六日

「岬」（青森県詩連詩集）

真夜中に昇る月　第七集、二〇一三年五月二六日
折れた洋傘（抄）　第九集、二〇一八年五月二〇日

「ERA」第三次
夕餉　一号、二〇一三年一〇月三〇日
下弦の月　三号、二〇一四年一〇月三一日
どんな暗がりに／忍び逢い（原題〈出会い〉）　四号、二〇一五年四月三〇日
行かないで！　五号、二〇一五年一〇月三一日
「指」習作三編（指から／指の戯れ／いっさいの夢が）　六号、二〇一六年四月三〇日
まだ　いて　七号、二〇一六年九月三〇日
崖下で　八号、二〇一七年三月三一日
北上・その中途　九号、二〇一七年一〇月三〇日
運命を悟るハマン（抄）　一〇号、二〇一八年四月三〇日
昼下がりの電車で　第一一号、二〇一八年一〇月三一日

「午前」
わたしは風　第七号、二〇一五年四月一五日
月よりの使者（原題　きりぎりす）／送り絵の女　第八号、二〇一五年一〇月一五日
旅の一群　第九号、二〇一六年四月一五日
セレーネとエンデュミオン　第一〇号、二〇一六年一〇月一五日
切符／恋文　第一一号、二〇一七年四月一五日
白無垢／永別　第一二号、二〇一七年一〇月一五日
幻の白鳥（抄）　第一三号、二〇一八年四月一五日

小笠原茂介（おがさわら　しげすけ）

第一詩集『暁が紅くなるのを』思潮社　一九六九年
第二詩集『ぼく瑠璃いろの抽象』国文社　一九七一年
第三詩集『みちのくのこいのうた』津軽書房　一九八一年（第二三回晩翠賞）
第四詩集『日月の昏姻』書肆山田　一九八五年
第五詩集『冷』思潮社　一九八八年
第六詩集『地中海の聖母』思潮社　一九九五年
第七詩集『地中海の月』思潮社　二〇〇一年
第八詩集『夜明けまえのスタートライン』思潮社　二〇〇三年
第九詩集『青池幻想』思潮社二〇〇八年（第五回青森県文芸賞）
第一〇詩集『雪灯籠』思潮社　二〇一五年

「火牛」、「午前」、「ＥＲＡ」同人
日本現代詩人会、日本詩人クラブ、日本文藝家協会、日本独文学会会員

現住所
〒〇三六‐八二二八　弘前市樹木四‐九‐三
電話　〇一七二‐三三‐二〇九五
携帯　〇八〇‐二八四四‐〇〇六八

幻《まぼろし》の白鳥《はくちょう》

著者
小笠原茂介《おがさわらしげすけ》

発行者
小田久郎

発行所
株式会社 思潮社
〒一六二−〇八四二 東京都新宿区市谷砂土原町三−十五
電話 〇三(三二六七)八一五三(営業)・八一四一(編集)
FAX 〇三(三二六七)八一四二

印刷・製本所
創栄図書印刷株式会社

発行日
二〇二〇年十月三十日